Dupuy-peyou six mois

SIX MOIS

AU PAYS DES YANKEES

ESQUISSES RIMÉES

Sarlat, imprimerie MICHELET, place du Peyrou. 924-79.

SIX MOIS

AU

PAYS DES YANKEES

ESQUISSES RIMÉES

PAR

Léopold-Louis Dupuy-Péyou,

Auteur des *Joyaux de la Reine des Cieux*

(ouvrage couronné)

Membre de l'Académie Poétique de France, de l'Académie Mont-Réal,
de l'Académie des Muses Santones,
de plusieurs Sociétés littéraires, scientifiques et philanthropiques.

PRIX : 1 Franc.

PARIS

EDOUARD ROUVEYRE, LIBRAIRE-EDITEUR,

1, RUE DES SAINTS-PÈRES, 1.

—

1880

AVANT-PROPOS

J'ai retrouvé naguère au fond d'un grand tiroir
Sur des feuillets épars des notes de voyages,
Souvenirs tout récents que j'ai voulu revoir,
Dont ma muse charmée a recousu les pages.
Si j'ose, cher lecteur, livrer à vos loisirs
Ces quelques traits rimés que vous saurez comprendre,
Je garde pour moi seul de plus doux souvenirs
Que mon cœur trop ému n'aurait jamais pu rendre.

SIX MOIS

AU

PAYS DES YANKEES

LA HAVANE.

Belle comme un blond météore
Qui brille dans un clair-obscur,
Je t'entrevis : je vois encore
Ton vaste port, ton ciel si pur,
Ta douce image vaporeuse
Que redit la mer amoureuse
Qui te prête silencieuse
Le miroir de ses flots d'azur.

Oui, je te garde, ô ma Havane,
Un souvenir dans mon amour.

Je crois entendre la gitane
Qui chante au coin du carrefour,
Et je me plais au gai ramage
Que fait le noir sur le rivage,
Quand il siffle dans son servage,
En travaillant aux feux du jour.

J'aimais, et je savoure encore,
Les frais cocos, les ananas,
Quand j'épongeais sur chaque pore
Mon front à l'ombre d'un lilas.
Lorsque la foule aux promenades,
Courait au bruit des sérénades,
J'avais saisi bien des œillades,
Sous les grands bords des panamas.

Tes fruits savoureux des tropiques,
Pour moi les plus exquis de tous,
Ton printemps, tes fleurs magnifiques,
M'auraient bientôt rendu jaloux.
Ces airs langoureux et bizarres
Que l'on pinçait sur les guitares,
Et puis le parfum des cigares,
M'enivraient, tant ils étaient doux.

J'étais trop indiscret peut-être,
En plongeant mes regards le soir,
Par les barreaux d'une fenêtre
Qui s'entr'ouvrait sur mon trottoir,
Quand dans la salle somptueuse
On écoutait sur la berceuse
La molle voix d'une chanteuse
Que j'entendais sans la bien voir.

A l'heure où la brise embaumée
De la mer souffle la fraîcheur,
Je te revois bien animée,
Te réveillant de ta torpeur.
Chacun à ses affaires vole,
Et sous les grands palmiers du môle,
En robe blanche, l'Espagnole
S'épanouit comme une fleur ;

Ou l'esclave au fond d'un bocage
La balance dans le hamac.
Sa gaze comme un blanc nuage
Se mire dans l'azur d'un lac.
Et la nuit, la belle coquette,
Quand le kakatoès caquette,

Y grille mainte cigarette
En embaumant de son tabac.

La voiture, au coursier rapide
Tout chamarré sur son poitrail,
Disparaît comme une sylphide,
Réflétant l'or dans son émail :
Et la Havanaise élégante,
Sur les coussins de sa volante,
Etale sa grâce indolente
En agitant son éventail.

J'ai dû, phéérique parage,
Verte oasis, site enchanteur,
De ton ciel bleu, de ton rivage,
Céder au charme séducteur.
Comme l'insecte d'or qui rôde
Et luit sur ta plage si chaude,
Tu brilles, riante émeraude,
Enchassée au fond de mon cœur.

Que l'univers, riche princesse,
Coure pour envahir ton port :
Tu peux laisser dans ta largesse

Puiser toujours dans ton trésor.
Avec tes légions cubaines
Et tes phalanges africaines,
Chasse de tes fertiles plaines
Le rapace vautour du Nord.

Eloigné des rives de France,
A mes regards quand tu t'offris,
Tu ranimas mon espérance
En parlant à mon cœur épris.
O souveraine des Antilles,
Sous les longs plis de tes mantilles,
Tu me rappelais les Castilles
Et le ciel de mes monts chéris !

LE DÉBARQUEMENT

A LA NOUVELLE-ORLÉANS.

Après trois jours bien doux de halte à la Havane,
Nous voguions dans le golfe, et la Louisiane
Qu'appelaient tous nos vœux, nous apparut enfin.
Le vieux père des eaux nous reçut dans son sein,
Et le Corinthian, plus hardi, plus tranquille,
Sur les flots limoneux fila d'un air agile
En pavoisant ses mâts, sa proue et ses sabords.
Les regards çà et là couraient sur les deux bords.
Nos cœurs étaient émus, car malgré la distance
Sur ce sol d'Amérique ils retrouvaient la France.
Quelques heures encor, La Nouvelle-Orléans
Allait ouvrir ses bras à de nouveaux enfants.

Notre oreille bercée au bruit si monotone

Que font la vague émue et la mer qui moutonne,
N'entendait que l'hélice. Adieu, les goëlands,
Ces compagnons amis, et les poissons volants
Des torrides climats dont la troupe folâtre,
Près de nous sur le bord venait souvent s'abattre.
Adieu, les frais zéphirs qu'on savourait le soir,
Lorsque les flots unis de leur vaste miroir
Réflétaient de la nuit les nombreuses étoiles ;
Leur souffle si léger gonflait alors les voiles.
Adieu, jours partagés par la joie et l'ennui,
Par la crainte et l'espoir, vous aviez déjà fui.

La nuit gaîment se passe à boucler les valises ;
Les douaniers à bord comptent les marchandises.
Le port, à la faveur des clartés du matin,
Se dessine, et, joyeux, nous l'atteignons enfin.

LA NOUVELLE-ORLÉANS.

Le Nouveau-Monde a sa Venise.
Au sein d'un marais verdoyant,
La Nouvelle-Orléans assise
Offre un aspect fort attrayant.

Le fleuve menaçant y gronde ;
Il semble vouloir l'avertir
Que d'un bond il peut de son onde,
Rompant ses digues, l'engloutir.

Sa nappe est étendue, immense,
Et l'on voit, sillonnant ses flots,
De toutes parts une affluence
De chalands et de paquebots.

L'atmosphère est toujours brûlante,
Et chaque soir dans le ciel bleu,
Le tonnerre à la voix roulante
Forme des cascades de feu.

Le parfum enivrant des plaines
Sature l'air à l'horizon,
Et l'on sent couler dans les veines
Comme un voluptueux poison.

La cité française est fort belle :
Tout y respire un grand confort,
Une opulence sensuelle,
Qu'ignorent les villes du Nord.

La nature invite à ce faste,
Venant lui payer son tribut ;
Trop chaud, le climat est moins chaste
Et moins sévère dans le Sud.

Les quarteronnes, les créoles
Aux cheveux noirs enrubannés,
Sous leurs mantilles espagnoles
Lancent des regards combinés.

Le nègre, au costume bizarre,
Parmi la foule confondu,
Baragouine un français barbare
Qu'on n'a jamais plus entendu.

On trouve les places publiques
Pleines de peuples bien divers,
Accourus des deux Amériques
Et des confins de l'univers.

On y voit leurs désinvoltures,
Chacun étalant sa fierté :
Leurs habitudes, leurs allures,
Respirent trop la liberté.

✸✸✸

Cité, jadis trop opulente,
Qui séduisais par tant d'appas,
Qu'as-tu donc fait, belle indolente,
De tes richesses, de tes bras ?

Je vois tes campagnes désertes,
Le soc au milieu du sillon :

A peine si tes mains inertes
Peuvent tenir un aviron.

Où sont aujourd'hui ta couronne,
Ton sceptre et tes riants atours ?
Le colosse a brisé ton trône,
Reine proscrite pour toujours.

As-tu calmé sa faim vorace ?
Ton sol par ses mains dépouillé
Porte l'indélébile trace
Du pied vainqueur qui l'a souillé.

Mais n'as-tu pas au sein des peines,
Quand la fierté rougit ton front,
Un reste de sang dans tes veines
Capable de venger l'affront ?

Gardes-tu des grains de poussière
Des Beauregard, des Jefferson,
Du redoutable Mur de pierre,
Ce héros qu'on nommait Jackson ?

Ton sort réveille encor leurs ombres

Qui s'agitent dans leurs tombeaux ;
Elles voudraient de tes décombres
Pouvoir rassembler les lambeaux.

De tes droits pour l'indépendance,
De ta foi, que te reste-t-il?
Rien qu'un vague espoir de vengeance
Et qu'un courage puéril.

Pauvre, abattue, anéantie,
Le ciel t'a vouée au courroux.
Dieu, de sa main appesantie
Sur toi redouble encor ses coups.

Comme une mère inconsolée,
Pleurant la mort de tes enfants,
Sous un crêpe de deuil voilée,
Je te vois, Nouvelle-Orléans.

Leur nombre, au souffle délétère
Qui vient dessécher tes marais,
Décroît, car la faux meurtrière
Couche tes fils sous les cyprès.

Tu vois à ces déchirants drames
Se joindre encor d'autres fléaux,
Quand l'épais tourbillon de flammes
Sème tes cendres par monceaux.

Qu'as-tu donc fait, cité créole,
Pour que si tôt le doigt divin
De ton front ravît l'auréole
Et jetât le deuil dans ton sein ?

Avec ton héroïque gloire
Que les malheurs n'ont pu ternir,
Ton nom doit vivre dans l'histoire,
Comme il vit dans mon souvenir.

O cité, noble hospitalière
Où j'ai coulé de si beaux jours,
J'aime à revenir solitaire
A tes bois frais des alentours.

Je vois encor l'étroite digue
Qui mène à ton lac Pontchartrain,
Et la nature si prodigue
Du marécage riverain

Où les grands iris bleus s'élancent,
Parmi les algues confondus,
Où les serpents verts se balancent
Au haut des lauriers appendus.

Derrière des cypres en groupe,
J'entrevois un nègre en radeau,
Chassant une timide troupe
De sarcelles qui fuient sur l'eau.

Là s'élève un français cottage
Peuplé dans la belle saison ;
Plus loin une hutte sauvage
Que recouvre un toit de gazon.

. . . .

Tout me charmait : tout me rappelle
Vers ton sein, ô douce cité,
Mais j'en garde toujours fidèle
Le souvenir qui m'est resté.

STEAMBOAT.

Chez ce peuple étonnant d'au-delà l'Atlantique,
Ce peuple merveilleux que l'on sait si pratique,
L'industrie a toujours multiplié les mains,
Et la vapeur, ce dieu cher aux Américains,
Règne dans les Etats et les pénètre tous.
Depuis les grands cours d'eau jusqu'aux petits bayous,
On trouve les Steamboats, vastes maisons flottantes,
Gigantesques palais, demeures éclatantes,
Où l'art à chaque étage étale à leurs frontons
Une riche harmonie à travers les festons.
Leur forme est identique et jamais ne varie :
On y verra toujours la grande galerie
Qui ceint de tous côtés ces superbes villas,
Gracieux promenoir couvert de vérandahs.

Sur ce balcon sans fin et sous son doux ombrage,
Les cabines en file, au varié vitrage,
Bordent tout le premier. D'autres sont au second
Qu'on réserve aux métis classés à l'entrepont.
Le tout est surmonté comme d'un belvédère
D'où le pilote embrasse en entier la rivière,
Et l'arrière et l'avant du superbe bateau.
La masse a pour carène un immense plateau
Sur les gardes duquel avec goût on empile
Les balles de coton qu'on envoie à la ville.
La vapeur met en jeu deux énormes volants
Qui frappent tour à tour les eaux de leurs battants.
L'ensemble est très-correct d'harmonie et de grâce.

Mais entrons dans la salle. Ici, l'art se surpasse :
De moelleux tapis s'étendent sous vos pas ;
Sur le plafond doré, plusieurs lustres à gaz
Offrent comme un bouquet de belles cassolettes ;
Des tables çà et là couvertes de moquettes
Montrent leurs pieds fouillés d'ébène ou d'acajou ;
Avec ordre arrangés, des fauteuils de bambou
S'encadrent aux lambris garnis de dentelures ;
Cent portes tout le long entr'ouvrant leurs tentures,
Laissent voir des panneaux où l'art a semé l'or.

Pour rehausser l'éclat de ce riche décor,
Sur la frise, à travers l'acanthe et l'astragale,
Au-dessus chaque porte, un vasitas ovale,

Avec ses vitraux peints tamise un pâle jour.

Vous pouvez embrasser ce merveilleux séjour

En fixant dans le fond la glace de Venise ;

Et vous allez toujours de surprise en surprise :

Ici, c'est un clavier de Pleyel ou d'Erard ;

En face du coiffeur, là-bas c'est un billard.

Grands mâcheurs de tabac, fumeurs de cigarette,

Vous avez les crachoirs auprès de la buvette.

Voici votre *Bar-room,* amateurs de *Whisky ;*

On y sert *gin, cocktail,* bière du *Kentuchy.*

Le capitaine, assis, se tient au *bark-office,*

Tandis que le *Stewart* veille sur le service

Que des *grooms* au teint mat remplissent en flânant,

Montrant dans leur rictus des dents de Caïman.

A l'heure des repas, tout se métamorphose :

Le valet se chamarre, et du salon dispose,

Pour faire en un clin d'œil une salle à manger.

Il sait sur chaque table artistement ranger

De petits linges blancs frisés aux quatre bouts,

Sur chacun des couverts flanqués de beaux surtouts.

Après le thé du soir, des laidys élégantes,

Lorsque l'orchestre invite aux danses enivrantes,

Etalent leurs atours au bras des cavaliers,

Et font sur les tapis glisser leurs blancs souliers.

Alors de mille feux la salle s'illumine ;
Et quand le bal finit, chacun dans sa cabine
Va couler en dormant le reste de la nuit,
Et le temps du voyage ainsi gaiement s'enfuit.
On n'entend déjà plus après ces bruits de fêtes
Que les coups cadensés des énormes palettes
Qui soulèvent les eaux, et les essoufflements
Que la machine mêle aux stridents sifflements.

. . . .

Dans le calme et la paix, pendant que l'on sommeille,
L'équipage est debout et le pilote veille.
La nuit comme le jour a ses instants d'arrêt,
Car pour chaque *landing* il faut que l'on soit prêt.
L'Américain voyage : il aime l'aventure,
Et va de tous côtés en villégiature.
Dans les bateaux on trouve *yankees,* noirs, cadiens,
Créoles, étrangers, familles d'Indiens.
Nomade par instinct, ce peuple flegmatique
Court gagner de l'argent dans un monde exotique.

EN STEAMBOAT SUR LE MISSISSIPI.

A l'heure où le soleil tombe comme assoupi,
En éteignant ses feux dans le Mississipi,
Arrivent aux *Steamboats* tous les retardataires
Que la cité vomit de ses longues artères.
Les uns vont remonter l'Ohio, l'Arkansas,
Ou bien le Missouri ; d'autres vers le Texas
Longeront les replis de la Rivière-Rouge.
De leurs bateaux fumants encor aucun ne bouge ;
Cependant, du tillac, pour la dernière fois,
La cloche jette au loin les éclats de sa voix.
Des nègres vigoureux la troupe haletante
S'entre-croise en courant sur la planche branlante.
De loques mi-vêtue, essuyant sa sueur,
Elle aide à tout charger au dernier voyageur.

La machine pourtant souffle, mugit et crache
De ses flancs embrasés un noirâtre panache
Qui se déroule au haut de deux tuyaux géants,
Pareils par leur cratère à deux larges volcans.

On détache l'amarre et l'ancre est relevée ;
Le lourd bateau se meut, jetant à la Levée,
Dans un dernier salut un dernier sifflement ;
Vers le large il recule en glissant mollement.

Des spectateurs déjà la foule plus nombreuse
Se range sur les quais, avide, curieuse,
Et tous les passagers debout aux vérandahs,
Agitant leurs mouchoirs, répondent aux hourrahs,
Tandis qu'au cabestan, entassé sur la proue,
Tout l'équipage noir hurle, grimace, joue,
Perché sur les barils, les sacs et les boucauts.
Puis bientôt on entend des braves moricauds,
Ces esclaves d'hier encor nés pour la peine,
Au ton aigu, traînant la vieille cantilène,
Poétique refrain, reste des mauvais jours,
Qu'affranchis, dans leurs chœurs ils répètent toujours.
Déjà le balancier active et précipite
Ses énormes fléaux. Le *Steamboat* va plus vite :
Il déchire le fleuve en creusant deux sillons,
Tandis que ses fourneaux lancent leurs tourbillons.
Sans roulis, sans tangage, à douze nœuds à l'heure,
Il marche prestement. On dirait qu'il effleure

Les flots précipités dont il bat les courants.

Au loin, derrière nous, la Nouvelle-Orléans,
Avec son port, n'est plus qu'une miniature,
Un point du grand tableau qu'étale la nature,
Car bientôt chaque pas nous déroule au hasard
Mille panoramas qui charment le regard.
Comme au sein d'un berceau de fleurs et de feuillage,
Tout à coup se dessine un gracieux cottage
Au pied d'un grand lilas dont le parasol vert
Lui projette son ombre et le tient à couvert.
Ici, des orangers en larges esplanades ;
Là, des champs de coton avec leurs palissades.
Dans la plaine sans fin, on voit les longs épis
D'un maïs gigantesque, ou bien encor du riz.
Au fond de l'horizon, souvent il se découpe
Cent petits toits brunis formant un riant groupe,
Qui semblent protéger une habitation.
Si prospère jadis, cette plantation
Reste encore debout, pleurant dans son veuvage
Ses beaux jours d'autrefois, au temps de l'esclavage.
Affranchi, de ces lieux le nègre s'est enfui,
Et, trahi par le sort, son maître l'a suivi.

Tandis que le bateau majestueusement défile,
On rencontre parfois, revenant à la ville,
Des bateaux surchargés des produits des bayous ;
Les journaux, les hourrahs, pleuvent alors pour tous.

D'un bord à l'autre rive, au loin le regard plonge,
Et le saisissement grandit et se prolonge,
Quand derrière soudain un verdoyant rideau
L'horizon disparaît. C'est un autre tableau
Monotone en ses traits, mais encor plus magique,
Qu'on retrouve souvent au cœur de l'Amérique.
Aux deux côtés du fleuve on peut voir, là, de près,
Les merveilleux fouillis de ces vierges forêts
Que n'osa pénétrer le pied hardi de l'homme.
Des milliers de géants de leur immense dôme
Jettent sur ces déserts le silence et la nuit
Qu'interrompt un instant le bateau qui s'enfuit.
Des longs rameaux, la mousse en banderoles grises
Pend comme des festons appendus à des frises.
Une ombre fantastique au sein profond des eaux
Redit tous les contours de ces tremblants faisceaux.
Le pilote attentif s'éloigne alors des terres;
Il se tient à l'abri des chênes séculaires
Dont les troncs vermoulus et sapés par les ans
S'affaissent en rendant de roques craquements.
Mais il ne peut toujours éviter les entraves
Que font sur son chemin ces rugueuses épaves.

L'outarde et la sarcelle aiment ces sombres eaux.
Groupés en archipel, ces sauvages oiseaux

S'ébattent sur le fleuve, effleurant sa surface,
Et plongent pour narguer le bateau quand il passe.
Aux bords, sous la liane, ils cachent leur doux nid ;
Aussi, dans ces déserts, ce peuple heureux grandit.

Sous ces voiles épais, la machine aime à rendre
Ses plus longs sifflements, et dans chaque méandre
L'écho redit les cris de sa puissante voix,
Pareille à cent taureaux qui beuglent à la fois.
Çà et là cependant, à travers les clairières,
Le jour semble renaître, et les sombres barrières
Qui projetaient la nuit en rapprochant les bords,
A leur tour font aussi place à d'autres décors.
La plaine reparaît avec son gai feuillage ;
On retrouve une ville ou maint coquet village
Avec leur *Warehouse* et leurs quais encombrés
De spectateurs oisifs, de nègres affairés.
Ces tableaux variés, la majesté du fleuve,
N'ont rien pour qu'un *Yankee* s'en étonne et s'émeuve ;
Il ne les goûte pas, mais il en est flatté
Dès que l'Européen en vante la beauté.
Fantasque, original, le sérieux l'amuse.
Il comptera pour peu sa vie ; il en abuse,
N'aimant que les hasards à grande attraction.
Quand il est en bateau, sa récréation

Consiste à dépasser un *steamboat* sur sa route.

Il s'improvise alors une émouvante joute.

En attendant l'issue, à travers mille cris

On s'échauffe, on s'anime et l'on fait des paris.

Des deux camps opposés on redouble d'audace ;

Les machines en feu se jettent la menace,

Font assaut de vitesse en fuyant sur les eaux.

   C'est en quittant les ports qu'on voit ces fiers rivaux

Se ranger en tournoi sur l'arène liquide.

L'Américain se plaît à ce jeu fratricide

Où le vainqueur souvent en remportant le prix,

Voit sauter l'adversaire au loin en cent débris.

Tant pis pour le vaincu qui fera la culbute ;

Qu'importe l'existence ? A l'éternelle lutte

Là-bas on va gaiement affrontant le péril,

Sans soucis du danger, sans froncer le sourcil.

RAILWAY.

De toute l'Union, aussi fier qu'étonné,
L'Hudson fut le premier qui se vit sillonné
Par les bateaux de feu dont l'ardente crinière
Allait se propager dans l'Amérique entière.
Au début de ce siècle, il eut l'honneur encor,
Sur des rubans d'acier défilant sur son bord,
D'admirer le premier la machine féconde
Qui traîne après ses flancs tous les trésors du monde.

Pressé, l'Américain, activant ses travaux,
De ses chemins de fer augmente les réseaux
Dont la maille puissante unit, resserre, englobe
L'immense continent. Huit fois autour du globe
La machine courrait sur ses rubans sans fin,

S'ils étaient bout à bout ne faisant qu'un chemin.
Une ligne entreprise, en quelques jours est prête ;
L'ardeur ne connaît pas d'obstacle qui l'arrête.
La hache et la cognée abattent les forêts ;
Sans remblais on franchit les ravins, les marais
Et les bayous profonds au moyen d'estacades,
Ponts de bois très-hardis, aux légères arcades.
Le ballast, la clôture ainsi que les fossés
Sont inconnus. La voie a deux rails, c'est assez.
Tout d'abord pas à pas la machine s'avance
Pour frayer son chemin, et puis elle s'élance,
Franchissant la prairie et les pics sourcilleux,
Faisant sur son parcours bien des sauts périlleux.
Les vaillants pionniers devancent sa visite,
Lui semant des cités qui grandissent bien vite.
    La navigation exige qu'un bateau
Circule librement sur tous les grands cours d'eau.
Aussi lorsque le train aux bords d'un fleuve arrive,
Un *steamboat* bien souvent le porte à l'autre rive.

    Il est ingénieux, ce peuple d'outre-mer.
Toutefois, cependant, de ses chemins de fer,
Chez nous, avec excès, on vante la vitesse,
Pas assez le confort, par trop la hardiesse.
Le lourd matériel est le plus rude frein

Qui tempère l'élan et l'audace d'un train.

Moins sûre et moins rapide après tout qu'en Europe,

Avec son éperon et son œil de cyclope,

La machine après elle avec effort entraîne

De wagons surchargés une trop longue traîne

Dont chaque extrémité roule sur deux essieux,

Formant des avant-trains indépendants entre eux.

On monte sur les chars par les deux passerelles

Qui font communiquer. Des sièges parallèles

Dont le dossier bascule, avec soin rembourrés,

Bordent un long couloir qui les tient séparés.

On lève à volonté la petite tablette

Qui pend sous la fenêtre entre chaque banquette.

Une fontaine à glace, un poêle à la saison,

Sont auprès d'un bureau dont on sent la cloison.

Tous les *passengers-cars* sont de grandes voitures

Ne formant qu'une salle à cinquante ouvertures.

Dans les Etats-Unis où l'on fait des parcours

Et des trajets parfois qui durent plusieurs jours,

Les trains au voyageur offrent du confortable,

Lui prodiguant toujours l'utile et l'agréable.

Ils ont tous un *bar-room* et même un restaurant

Où l'on paye d'avance un dollar en rentrant.

L'estomac est assez content de ce régime.

Il se vend des journaux souvent que l'on imprime
Pendant que le train marche entre deux stations.
On y peut varier ses récréations :
Au piano l'on chante ; on fait la loterie ;
Si l'on n'arrête pas, le dimanche l'on prie.
La nuit pour reposer on a le char dortoir
Avec ses lits-hamacs tout le long du couloir.
Il fait si bon dormir sur ces molles couchettes
Qu'un valet noir dispose en serrant les banquettes !
Avec les longs rideaux, chacun se clôt chez soi,
Et quand le jour revient, on cache à la paroi
Dans un placard secret, cadre en menuiserie,
Matelas, oreillers, toute la literie.
Avec ses becs de gaz qui pendent au plafond,
Le *Sleeping-Car* n'est plus qu'un ravissant salon ;
On passe au cabinet pour faire sa toilette,
La chaussure au lever se trouve toujours prête.

EN WAGON.

C'est ici qu'on apprend l'*américan* façon :
  ne faut d'un *Yankee* qu'une courte leçon.
S'il vient sur votre siège étaler sa chaussure,
Ou montrer ses pieds nus sans craindre la censure,
Gardez-vous de vous plaindre, il serait trop surpris,
Et tous vos arguments resteraient incompris.
Lui qui se targue tant de haute bienséance,
Se rirait à son tour de votre inconvenance.
Mieux vaut donc le subir que de le déranger,
Car s'il reconnaissait en vous un étranger,
Il saisirait alors, comme entrée en matière,
Votre observation, et rompant en visière,
Sans autre préambule, avec vous sans détour,
Votre interlocuteur parlerait tout un jour.

Il voudra tout d'abord connaître qui vous êtes ;
Viendront cent questions plus ou moins indiscrètes
Sur vous, votre pays, l'endroit où vous allez ;
Il vous demandera si vous vous exilez ;
Si vous avez chez vous comme chez lui des villes,
Des *railways,* des forêts et des plaines fertiles.
Enfin sur votre épaule il étendra son bras,
Sans songer en dormant à tous vos embarras.

Pour fumer, vous rentrez dans le wagon des hommes,
Où vous sentez toujours de pénétrants arômes
Qui vous suffoquent net tant ils saturent l'air.
Pour un Européen, ce bouge est un enfer :
On y mange, on y boit, on y fume, on y crache
Le jus noir exprimé du tabac que l'on mâche.
Ici mieux que partout, le gentleman courtois
Renifle et, plus encor, se mouche avec les doigts.
Tant de rusticité vous choque et vous régale.
Chacun a son *whiskey* qu'à longs *drink's* il avale.
Ne déplaisez jamais aux vaincus du poison,
Sans quoi le révolver demanderait raison.
Si son urbanité n'est pas assez austère,
L'Américain pourtant par son doux caractère
Plaît assez, car il n'est ni bruyant ni bavard ;
Il ne critique rien quoiqu'il soit très vantard.

La lecture et l'attrait d'un riche paysage
Ne l'intéressent pas : Pour charmer son voyage,
Il dort fort aisément. Si le sommeil le fuit,
Il saisit son couteau, gratte, coupe et détruit
Le premier bois qu'il trouve : invincible manie
Qui lui fait pardonner sa stupide avanie.

L'homme le plus parfait n'est pour lui qu'un égal,
Et croit résumer seul le sublime idéal.
Malgré tant de défauts qui blessent et qui choquent,
De mâles qualités au demeurant provoquent
Votre admiration pour ces fiers possesseurs
D'une terre conquise au prix de leurs sueurs.

Mais laissons ce wagon par trop démocratique ;
Cherchons si le bon ton par ailleurs se pratique.
Sur l'arrière du train il est un autre char
Dont le salon superbe au fond du *sleeping-car*
Est toujours embelli de quelques blondes dames.
Là-bas on a partout des égards pour les femmes
Qui, seules, sous l'attrait d'un plaisir entraînant,
Voyagent à travers l'immense continent.
A l'abri des fumeurs, au sein du confortable,
On voit sur les divans ce beau sexe indomptable
Qui discute ses droits sur mille points divers,
Et dicte bravement des lois à l'univers.

Dans ces clubs ambulants, la femme émancipée
Fait de ses actions des sujets d'épopée.
Le foyer domestique ou le toit conjugal,
Elle les abandonne au pouvoir illégal.
Contente de sa gloire et de sa liberté,
Elle promène au loin son inepte fierté.

Ce siècle a su briser les liens de famille,
Et des bras de sa mère en arrachant la fille,
Tous les sots novateurs qui défendent ses droits
L'ont flétrie en perdant leurs efforts maladroits.
Femme, qu'importe-t-il qu'on vante ta bravoure ?
Que d'un respect banal le voyageur t'entoure ?
Tu peux voir librement couler tes premiers ans,
Mais songe toutefois que ces vils courtisans
Qui semblent prodiguer leurs caresses menteuses,
Se dégagent de toi par des amours honteuses.
Ton rôle est au foyer ; et tu l'as dédaigné,
En oubliant que Dieu te l'avait assigné.
Tu peux, en réformant ta conduite excentrique,
Ramener ces beaux jours de l'ancienne Amérique,
Où les vieux pionniers transmettaient à leur fils
La crainte du Seigneur et l'amour du pays.

LE DIEU DOLLAR.

L'Américain doit gagner de l'argent,
C'est sa devise et son besoin urgent,
Et le vieillard, sur le soir de sa vie,
Ressent sa soif qu'il n'a pas assouvie.
Fort jeune encor il va loin du foyer ;
Rien ne saurait un instant l'effrayer.
Tout doit céder à l'attrait du pécune,
Car avant tout il doit faire fortune.
Le dieu Dollar est le roi dominant
Sur tous les points du large continent ;
Depuis le haut jusqu'au bas de l'échelle,
On est miné par la fièvre cruelle.
Mais ces *greenbacks* ardemment amassés,
Jamais là-bas ne restent entassés.

Ils vont payer plaisirs et jouissances,
Ou bien servir pour de nouvelles chances.
Sire Harpagon est un type inconnu :
Le possesseur ne se croit pas tenu
A la prudente et sage économie,
Cette vertu de nos pères amie,
Car il dépense avec le même entrain
Qu'il vole à l'âpre et difficile gain.

Il faut compter avec ce grand mobile,
Pour bien saisir le mouvement fébrile,
Surtout les mœurs de ces braves *Yankees*.
Avec l'argent les honneurs sont conquis.
Pour parvenir, tout chemin est pratique,
Puisque l'on voit l'orgueil démocratique
Des généraux et des hommes d'Etat,
Rien que pour l'or accepter leur mandat.
La fausse honte, il faut d'ici l'exclure.
Si le dollar peut payer une injure,
Il rend aussi tous les hommes égaux,
Puisqu'il les fait ses dociles vassaux.
Il amortit les luttes politiques,
Mais rend les cœurs vénals et fanatiques.
Le croirait-on? cet amour effréné
Pour le pécune est tellement inné,

Que d'un richard qui passe ou que l'on nomme
On dit : « Combien de dollars vaut cet homme? »
Mais son honneur pas plus que son passé,
De le connaître on n'est pas empressé.
Sans la richesse, il n'est point de mérite,
Et l'on n'est rien quand le sort déshérite.
La banqueroute est un simple incident,
Mais si l'on sait réparer l'accident,
Chacun alors vante l'habileté
D'un hasardeux parfois sans probité.

Entre le pauvre et le riche il existe
Comme un abîme, une haine égoïste,
Et leur contact deviendrait dangereux
Sans le travail qui rend le pauvre heureux.

Mais quand du sol les richesses croissantes
Auront changé, seront moins abondantes,
Ou que l'effort se sera ralenti,
L'Américain alors aura senti
Que dans ses mœurs pourtant égalitaires,
Il n'avait pas des appuis salutaires.
La probité, l'honneur, semblent bannis,
Car on ne voit dans les Etats-Unis,
Grâce à l'appât de l'or que l'on pourchasse,
Que des forfaits et des fraudes en masse.

La nation chaque jour s'affaiblit,
En tolérant ce mal qui l'avilit.
Le contre-coup des crises immorales
A trop souvent troublé nos capitales.

LES COLONS.

C'est au bord des bayous, sur un lit de gazon,
Que le colon du sud va bâtir sa maison
Dont la forme à la fois est simple et gracieuse.
Pour cultiver ses champs, sa famille nombreuse,
Grandissant chaque jour, lui donne assez de bras.
Honnête citoyen, il ne limite pas
Le chiffre de ses fils, et dans sa descendance,
Ce fermier qui craint Dieu trouve sa récompense.
Au souffle empoisonné du luxe des cités,
L'Amérique se meurt. Les colons seuls restés
Semblent avec effort vouloir lutter encore
Contre l'affreux cancer, hélas ! qui la dévore.
La race des *Yankees,* si virile autrefois,
Dans sa sève frappée aujourd'hui je la vois.

Chaque ferme respire une modeste aisance :
L'ordre, la propreté, le bon goût, l'élégance,
Se rencontrent toujours au *drawing room*, salon
Qui réunit le soir les enfants du colon,
Pour lire, pour causer, faire de la musique.
La fermière elle-même à ses heures s'applique
A la littérature, à la science, aux arts :
La famille l'écoute et l'entoure d'égards.
Elle surveille tout d'un œil infatigable ;
C'est elle qui préside et qui commande à table
Où trois fois chaque jour, sur des linges bien blancs,
On dispose au milieu plusieurs mets succulents.
Chacun à sa façon porte avec sa fourchette
Le morceau qui lui plaît sur son unique assiette.
Au reste, pour manger on se sert des couteaux.
Tous ces plats qu'on y voit ne sont jamais nouveaux.
Une galette chaude est le pain du ménage,
Et la pâtisserie est si bien en usage,
Qu'au moment du dessert on remarque toujours
Des gâteaux pleins de fruits, alléchants, mais trop lourds.
L'Américain est fort pour cette friandise
Qui n'a pu qu'une fois tenter ma gourmandise.
Le café noir, le thé, se boivent à foison :
Il n'est pas, hors le lait, pour eux d'autre boisson.
On débouche pourtant, pour s'échauffer la tête,
Notre vin de champagne, au milieu d'une fête.

Dans tous les campements, jusques au plus lointain,
Vous retrouvez toujours ce mode américain :
Dans ces fermes on vit de la même manière,
Démocratiquement, mais sous un joug austère.
Les prières se font en commun chaque soir :
L'esprit religieux impose ce devoir ;
Et le jour du repos, le dimanche, on s'empresse
De se rendre en famille au service, à la messe.
On vient de la prairie, on vient du fond des bois
A cheval, en *buggy,* de vingt milles parfois.
Les enfants sont mandés la semaine à l'école ;
On les entasse tous sur une carriole.
Nul ne manque à l'appel, et *misses* et garçons
Vont chez le même maître apprendre leurs leçons.
On voit dans les beaux jours la fougueuse jeunesse
Montrer sur le gazon sa valeur, son adresse
Au jeu de la pelote, au cricket, où l'honneur
Disputé chaudement est le prix du vainqueur.

A l'abri de ce bruit si tourmenté des villes,
Les colons dans leurs champs coulent des jours tranquilles.
Ils n'ont rien toutefois de nos bons paysans,
Mot là-bas inconnu. Ces braves habitants
Sont naturellement doués d'intelligence.
Ils ornent leur esprit d'un vernis de science ;

Ils savent tous écrire ; ils comptent couramment,
Connaissent leur histoire ; et généralement
Dans les élections, fidèles patriotes,
Au meilleur candidat ils accordent leurs votes.
Ils suivent chaque jour les débats du congrès.
La mécanique a fait chez eux de grands progrès :
Une scie à vapeur, machine ingénieuse,
Exploite les longs bois à cime sourcilleuse.
Par ce puissant système, auprès de sa maison,
Le fermier a bientôt son moulin à coton,
Des poutrelles pour clore en longue palissade
Son champ que le troupeau de ses cornes dégrade.
Tout prospère chez lui, grâce à son mâle effort.
Pour les bateaux marchands, sa ferme est comme un port,
Un entrepôt couvert de produits qu'on échange ;
Bien souvent un *railway,* le cas n'est pas étrange,
Passe à proximité de l'habitation,
Et favorise aussi son exploitation.

LES NÈGRES.

Au sein de la race indigène,
Dans les Etats du Sud, encor
On voit la famille africaine
Qu'affranchit le vainqueur du Nord,
Membres épars, naguère esclaves,
Tenus trop longtemps engourdis,
Qui semblent nés pour les entraves,
Malgré leurs bras abâtardis.
Le blanc, le noir, devenus frères,
N'ont pourtant de commun entre eux
Que les services volontaires
Qu'ils se rendent souvent tous deux.
   A l'aspect du Nègre on éprouve
Comme un sentiment de dégoût,

Mais dans son cœur bientôt on trouve
Cette bonté qu'il a partout.
Etant par lui servi sans cesse,
Le dégoût se change en pitié,
Et l'on regarde avec tristesse
Cet affranchi sans liberté.
Pas un mot sorti de sa bouche
Qui ne soit pour vous plein d'égards;
Et sa charité qui vous touche,
Vous la lisez dans ses regards.
Toujours quelle extrême réserve!
Il semble content de son rang;
Cette déférence, il l'observe
Avec douceur pour chaque blanc.
C'est un reste de son servage
Qui le tient encor si craintif;
Sans l'aimer, il fait son ouvrage,
Obéissant d'un air passif.

    L'Américain le traite encore
Sans raison trop sévèrement;
On pourrait croire qu'il l'abhorre,
Le tutoyant brutalement.

    Il ne se montre moins terrible
Qu'aux grands jours d'une élection,
Car il sait le Nègre éligible
Depuis l'émancipation.

Il s'en sert dans ses coteries,
Surtout dans les Etats du Sud,
Employant mille flatteries
Pour mieux parvenir à son but.
Il compte avec son ignorance,
Car le noir croit tout ce qu'on dit,
Sans pourtant de sa complaisance
Retirer jamais un profit.
    Souvent sa promesse est trompeuse,
On n'est pas sûr de ce qu'il fait ;
A sa fidélité douteuse
Même il joint l'oubli d'un bienfait.

    Les noirs de la Louisiane
Se groupent aux bords des bayous,
Habitant leur pauvre cabane
Ouverte au vent par mille trous.
Un maigre grabat, une chaise,
Un pot, c'est tout le mobilier ;
Tous ne sont pas si bien à l'aise,
N'ayant point d'abri, de foyer.
Toute la tribu se sustente
Avec quelques grains de maïs,
Parfois la mare avoisinante
Vient lui fournir un peu de riz.
Au champ qui touche à ses pénates,

Si le patron est prévoyant,
Il récoltera des patates
Dont son ménage est si friand.
    Les noirs s'aiment comme des frères,
Vivant dans d'intimes rapports ;
Ils restent toujours solidaires,
Mêlant leurs droits, mêlant leurs torts.
Lorsque le campement s'attroupe,
On peut voir leur fraternité ;
Et quand un blanc vient dans leur groupe,
Leur amour-propre en est flatté.
En *mass meeting,* en gaîté folle,
Ils discuteront tout un jour,
Prenant à la fois la parole,
Chacun présidant à son tour.
Ils s'échauffent alors la bile,
Et ces orateurs de hasard
Pensent que pour paraître habile
Il faut d'abord être bavard.

Ils peuvent s'unir à leur guise
A la personne de leur choix ;
Ils se font bénir à l'église,
Ou bien encor chez eux parfois.
Chacun des contractants s'efforce
D'honorer le lien sacré,
Et c'est rare que le divorce
Tienne un ménage séparé.

Bien qu'ils ignorent les scrupules,
Tous sont croyants, religieux,
Même ils deviennent ridicules
En voulant passer pour pieux.
Pour un noir, qu'importe la secte ?
Qu'il soit Méthodiste ou Vaudou,
Il la chérit et la respecte,
Mais moins qu'un fanatique Indou.
Il faut de la pompe à son culte,
Que tout frappe d'abord ses yeux,
Aussi n'entend-on que tumulte
Dans ses rites mystérieux.
Passionné pour la musique,
Le noir cédant à son penchant,
Vient à l'église catholique
Pour prêter l'oreille à son chant.
Et le zélé missionnaire
Qui s'intéresse à son bonheur,
Lui fait psalmodier la prière,
Pour mieux la graver dans son cœur.
Le saint homme de l'Evangile
L'instruit sur la religion ;
Son rôle est d'autant plus facile
Qu'il fait tout par affection.
On voit déjà du voisinage
Venir par petits bataillons,
Au presbytère du village,

Négrillonnes et négrillons.

Prêtre est leur maître d'école
Il les fait lire et puis compter;
Leur soumission le console,
Et rien ne peut le rebuter.
Chaque jour il les catéchise;
Il chérit ce jeune troupeau,
Ces néophytes de l'Eglise,
Que sa bonté prend au berceau.

Mais déjà le catholicisme,
Avec sa propagation,
Semble amortir l'antagonisme
Et préparer la fusion,
Entre ces deux races rivales,
Dont elle étouffe les conflits.
L'Amérique dans ses annales
Un jour lira ces heureux fruits,
Elle qui fut trop libérale,
Dont les lois troublèrent soudain
La paix prospère et la morale
Qu'elle avait jadis dans son sein.
Oui, lui seul, le catholicisme,
Emu du péril social,
Au pays dans le cataclysme
Rendra son rang primordial.

ERIE RAILWAY NIAGARA FALLS

(Ode couronnée).

Fecit mihi magna qui potens est.

O fille du génie, ô machine bouillante,
Sur tes rubans d'acier, passe, glisse sifflante,
Des bords du pacifique aux rives de l'Hudson.
Que te faut-il ? — Un bond. Va, dévore l'espace,
Par ton rapide élan, rapproche, unis, embrasse
      Les larges flancs de l'Union.

Suis des vieux pionniers la trace aventureuse ;
Toi qui franchis des monts la cime sourcilleuse,

Les rapides béants ne t'arrêteront pas.
Déchire des forêts les manteaux de lianes,
Et fuis, ivre de gloire, à travers les savanes
    Semant des cités sous tes pas.

Mais entends-tu la voix qui mugit dans la plaine,
O monstre furieux? Ah ! retiens ton haleine,
Et pénètre moins fier au fond du Canada.
Quel est donc ce rival menaçant qui s'apprête ?
L'écho te dit son nom; cet écho te répète :
    Niagara ! Niagara !

Il est là, ce géant qui remplit les deux mondes
De l'éclat de son nom, du fracas de ses ondes ;
Il se meut dans le sein de l'immobilité.
Il murmure en dormant, il gronde, tonne et tombe
Au fond du gouffre immense ; et, vivant dans sa tombe,
    Chante son immortalité.

Il couvre de sa voix tous les cris du tonnerre.
Et que peut à ses pieds une gloire éphémère?
— Se briser, car son nom pour elle est un écueil.
Ne sois donc pas si fière, ô reine échevelée ;
Tu peux poursuivre en paix ta carrière affolée,
    Il narguera ton sot orgueil.

Remplace sur ses flots la nacelle appendue
Où l'Iroquois passait par la corde tendue :
Sur les câbles de fer que Rœbling t'a tressés,
Plus belle que Blondel sur sa corde tremblante,
Elance-toi sur eux, tranquille et vacillante,
  Puisque Rœbling les a rivés.

Sur le sentier d'airain, majestueuse, avance,
Tu le peux, te dit-il ; sur l'abîme balance
Les hardis compagnons qui partagent ton sort.
Passe cent fois par jour, machine aérienne,
De la rive nordiste à la canadienne,
  Passe d'un bord à l'autre bord.

Etouffant, enchaîné dans ton étroite enceinte,
Tout mon être indigné d'une trop longue étreinte,
Te réclame ses droits et te dit à son tour :
Passe, monstre embrasé, passe, moi je m'arrête
Pour revivre et penser, car mon âme est muette
  D'admiration et d'amour.

Laisse-moi méditer, seul, assis sur l'abîme ;
Laisse-moi contempler ce spectacle sublime ;
Que mon regard se perde à travers l'horizon ;

Que mon soupir se mêle à cette hymne infinie ;
Que mon âme, plongée au sein de l'harmonie,
        Recouvre un instant sa raison.

Niagara? mon œil te mesure et te sonde...
Hercule, qui pourrais faire mouvoir le monde,
Que tes mugissements, tes éternels fracas
Remplissent les échos de ta plage sonore ;
Ebranle l'univers, mugis plus fort encore :
        Sans craindre, j'écoute tout bas.

Je veux, garde d'honneur, debout près de tes rives,
Laisser couler pensif les heures fugitives,
Et t'admirer encor jusqu'à la fin du jour.
Monarque, les vois-tu ces deux cités jumelles
Qui veillent près de toi? Comme ces sentinelles,
        Oh ! laisse-moi former ta cour.

L'astre qui luit au ciel avec amour t'adore.
Tandis qu'il te sourit, son rayon te colore,
Et vient se marier au cristal de tes eaux.
Etale sous ses feux ta ceinture irisée,
De ton manteau royal la traîne de rosée,
        Pour que je compte tes joyaux.

Et quand l'astre des nuits perçant la vague brume,
Viendra de sa pâleur frôler ta blanche écume,
Que la brise du soir embaumera ces lieux,
Détache de tes flancs, ô montagne limpide,
Quelques perles d'azur ; que ta poussière humide
      Vienne mouiller mes pieds poudreux.

Un charme des plus doux me captive et m'enchaîne :
Mon âme se repose et redevient sereine,
Que ne puis-je à jamais me fixer en ces lieux !
Mais le calme a son trouble et le bonheur son ombre,
Mon front épanoui reprend son voile sombre,
      Hélas ! c'est l'heure des adieux.

Voyageur attardé, puisque je dois poursuivre
Ma course errante, adieu, toi qui m'as fait revivre,
Niagara ! ce cri, je le jette à tes pieds.
Pour que mon souvenir près de toi soit durable,
Je veux dans mon amour, d'un trait ineffaçable
      Le buriner sur tes glaciers.

Et toi, lac Erié, vous, rochers, précipices,
Vous qui savez du temps déjouer les caprices,
Mon cœur vous dit aussi son éternel adieu,

Mais en gardant de vous les suaves images.
Adieu, livre vivant, où l'homme sur tes pages
        Ne lit qu'un nom : celui de Dieu.

Tu te crois tout-puissant par ton art, ô génie !
Façonne de tes mains la beauté, l'harmonie,
Et fais de ton ouvrage un ouvrage immortel.
Ce qui porte ton nom ou la trace de l'homme,
Brille un jour et puis meurt ! Ce n'est rien que fantôme.
        Ce que Dieu fait est éternel !

28 avril 1873. Souvenir de mon voyage aux *Chutes.*

SEPT ANS APRÈS.

Le Péreire sifflait, prêt à partir pour France,
    Et mon cœur qui battait bien fort
Au sein de son bonheur était comme en souffrance :
Mais il semblait garder encor cette espérance
    Qu'il reverrait un jour ce port.

Bientôt vers la patrie, ensevelis dans l'onde,
    Nous voguions tous impatients,
Et depuis ces instants d'émotion profonde
Où je fis mes adieux au sol du Nouveau-Monde,
    Naguère j'ai compté sept ans.

Combien de fois mon cœur a refranchi l'espace
        Qui me séparait de là-bas !
Il est des souvenirs que jamais rien n'efface,
Dont on cherche en secret à retrouver la trace,
        Qu'on aime à suivre pas à pas.

Oui, j'erre bien souvent dans la Louisiane,
        Des bords du lac Catahoula
Au Choupique-Simon, de l'immense savane
Aux confins du Texas, et comme la liane
        Mon cœur suspendu reste là.

Six fois il a fleuri dans le coin du parterre
        Le figuier planté par ma main.
L'ami qui l'arrosait dort déjà sous la pierre
Et je n'ai pu goûter, docile à sa prière,
        Les fruits de mon figuier lointain.

Je ne retrouve plus ces amis et ces proches
        Qui m'aimaient tant et que j'aimais,
Car mon oreille entend un tintement de cloches
Qui disent dans leur glas : « MARKSVILLE, NATCHITOCHES, »
        Deux noms pleins de deuil désormais.

Qu'ils dorment à jamais sur la lointaine rive,
Que rien ne trouble leur sommeil,
Puisque l'affection par la mort se ravive,
Ils auront chaque jour de mon âme plaintive
Une pensée à mon réveil.

. . . .

Avec amour encor, ô terre d'Amérique,
Après tant de beaux jours passés
Je te redis adieu, triste, mélancolique,
Mais en gardant au cœur la suave relique
De rêves sept ans caressés.

TABLE DES MATIÈRES

Avant-Propos.. 5

La Havane.. 7

Le débarquement à la Nouvelle-Orléans................. 12

La Nouvelle-Orléans................................. 14

Steamboat.. 21

En Steamboat sur le Mississipi....................... 25

Railway.. 31

En wagon.. 35

Le dieu dollar..................................... 39

Les colons... 43

Les nègres... 47

Erie railway Niagara falls (ode couronnée)............. 53

Sept ans après..................................... 59

OUVRAGES DU MÊME AUTEUR

En vente chez M. Edouard ROUVEYRE, *éditeur,*

1, rue des Saints-Pères, Paris :

LES JOYAUX DE LA REINE DES CIEUX

(Paroles seules)

Ou Litanies, Hymnes, Antiennes de la T.-S. Vierge,

Paraphrasées en sonnets,

Suivis d'une Hymne à Marie Immaculée et d'une Cantate à N.-D. du Rosaire

ouvrage couronné et approuvé par

S. E. le cardinal Donnet, S. E. le cardinal Pie,
S. E. le cardinal Desprez, Mgr Besson, évêque de Nîmes,
Mgr de La Bouillerie, coadjuteur de Bordeaux.

Édition in-8º, papier de choix.................... prix 1 fr. 50 c.
   »   »   papier de luxe, cantate en musique. » 3 »»
   »   »   avec huit magnifiques chromo..... » 4 50
   »   »   reliure bleue avec dorures sur plat.. » 5 »»

Le titre, plein de vérité, indique à lui seul les trésors que l'ouvrage renferme, car, sous des couleurs aussi fraîches que variées, le poème nous découvre des perles brillantes, dont la longue série forme une parure pleine de grâce et vraiment digne de la majesté de la Reine des Cieux.

(*Courrier de la Dordogne*, 8 décembre 1878.)

Le volume de notre confrère mérite de nombreux éloges. Il y avait une grande difficulté à vaincre dans l'exécution de cette œuvre ; il fallait, en traitant sans cesse le même sujet, varier les tableaux : c'est ce résultat que notre confrère a heureusement atteint. Sa versification est bonne et harmonieuse, ce qui n'était pas facile à obtenir avec toutes les difficultés que l'auteur a voulu surmonter.

> (*Les Voix de la Patrie* (1er janvier 1878),
> organe de l'Académie poétique de France.)

NOTE. — Cet ouvrage a mérité à l'auteur les plus chaleureuses félicitations de l'éminent poète moraliste Gustave NADAUD ; d'un grand nombre de célébrités littéraires de France et de la presse de plusieurs départements.

LES JOYAUX DE LA REINE DES CIEUX

(2e ÉDITION)

PAROLES ET MUSIQUE

Musique de M. l'abbé Michel LA TOUR, chanoine de Tarbes.

Cet ouvrage forme un beau volume in-4° sur papier de choix, orné d'une photographie de la Madone couronnée de Lourdes, à laquelle il est dédié.

Il renferme **50** cantiques où le talent et la piété de l'artiste bien connu se révèlent dans toutes les pages.

Chacun de ces cantiques possède des chœurs, avec *solo* ou *duo*, toujours très variés et pouvant, selon les besoins, s'exécuter à l'unisson.

Grâce aux deux cantiques **(Ouverture et Clotûre du mois de Marie)** qui ont été ajoutés, le recueil poétique et musical offre une variété de chants pour le mois de mai, spécialement consacré à la T.-Ste Vierge.

Deux mois ont suffi pour l'écoulement complet de la première édition.

En vente chez M. l'abbé LA TOUR, curé doyen à Vic-Bigorre (H^{tes}-Pyrénées), et à la Grotte de N.-D. de Lourdes.

Prix net : 5 francs.

L'ARCHIPRÊTRE NOËL

(POÈME)

PRIX : 50 C.

Sarlat, imprimerie Michelet, place du Peyrou. 924-79.